U0937108

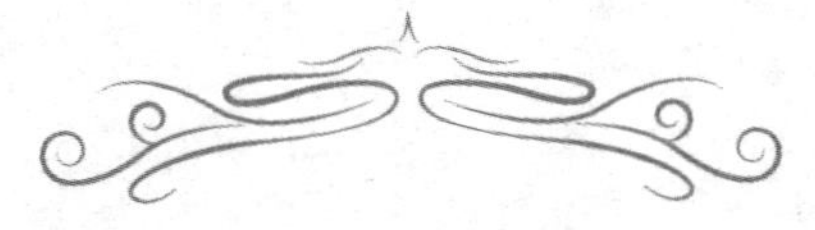

# "枞阳文学精品丛书"
# 组委会名单

| | | |
|---|---|---|
| **顾　　问** | 杨如松 | 县委书记 |
| | 占聆娜 | 县人大常委会主任 |
| | 何正清 | 县政协主席 |
| **主　　任** | 杨秀颀 | 县委副书记、县政府县长 |
| **副 主 任** | 杨贤招 | 县委副书记 |
| | 黄　楚 | 县委常委、宣传部部长 |
| | 左敬东 | 县委常委、常务副县长 |
| | 周晓娟 | 县人大常委会副主任 |
| | 吴正芳 | 县政府副县长 |
| | 江习明 | 县政协副主席 |
| **成　　员** | 叶学挺 | 县委办公室主任 |
| | 李友好 | 县政府党政成员、县政府办公室主任 |
| | 张文满 | 县人大常委会教科文卫工委主任 |
| | 钱利勇 | 县政协文化和文史学习委主任 |
| | 黄　勤 | 县委宣传部副部长 |
| | 吴立友 | 县发改委主任 |
| | 朱　晋 | 县财政局局长 |
| | 周剑斌 | 县教体局局长 |
| | 吴文汉 | 县住建局局长 |
| | 刘毛陆 | 县文旅局局长 |
| | 周立宏 | 县招商服务中心主任 |
| | 胡学东 | 县委史志研究室主任 |
| | 章宪法 | 县文联主席 |

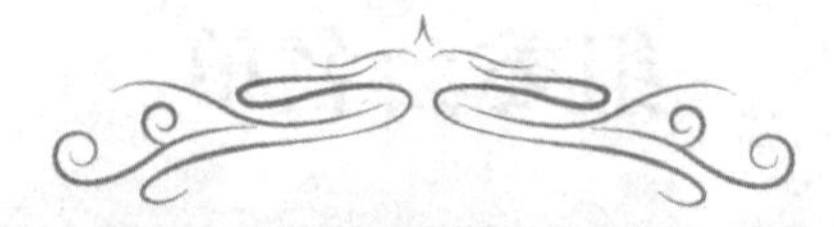

# “枞阳文学精品丛书”编辑部名单

**主　　编**　章宪法

**分册主编**　章宪法　谢思球　陶善才　齐永平
　　　　　　周巨龙　刘檀风　周八一　钱新华

**图片编辑**　吴保国

枞阳文学精品丛书（第四辑）

丛书主编◎章宪法

# 枞阳诗香

周八一——著

合肥工業大學出版社

**图书在版编目(CIP)数据**

枞阳诗香/周八一著．—合肥:合肥工业大学出版社,2021.9
(枞阳文学精品丛书．第四辑)
ISBN 978-7-5650-5405-1

Ⅰ.①枞…　Ⅱ.①周…　Ⅲ.①诗集—中国—当代　Ⅳ.①I227

中国版本图书馆 CIP 数据核字(2021)第 179274 号

**枞 阳 诗 香**

ZONGYANG SHIXIANG

周八一　著　　　　责任编辑　疏利民

| | | | |
|---|---|---|---|
| 出　版 | 合肥工业大学出版社 | 版　次 | 2021 年 9 月第 1 版 |
| 地　址 | 合肥市屯溪路 193 号 | 印　次 | 2022 年 4 月第 1 次印刷 |
| 邮　编 | 230009 | 开　本 | 710 毫米×1010 毫米 1/16 |
| 电　话 | 理工图书出版中心:0551-62903018 | 总印张 | 123.75 |
| | 营销与储运管理中心:0551-62903198 | 总字数 | 1546 千字 |
| 网　址 | www.hfutpress.com.cn | 印　刷 | 安徽联众印刷有限公司 |
| E-mail | hfutpress@163.com | 发　行 | 全国新华书店 |

ISBN 978-7-5650-5405-1　　　　总定价:432.00 元(共 9 册)

如果有影响阅读的印装质量问题,请与出版社营销与储运管理中心联系调换。

序

# 诗意与书香

谢思球

我和八一相识较早，那还是在20世纪80年代后期，我们一同在位于古镇汤沟的枞阳师范学校读书，他高我一届。那还算是一个诗歌的年代，朦胧诗潮的余绪还未散去。镇上的邮政报刊门市部能买到各大文学期刊，特别是诗歌报刊，像《诗刊》《星星诗刊》《诗神》《诗潮》等，都是抢手货。特别是本省的《诗歌报》，每期能卖几十份。几家小书店间或能买到托尔斯泰、莫泊桑和沈从文、刘恒、从维熙等中外作家的小说，有时也能买到诗集，如安徽文艺出版社出版的年度诗歌报刊选粹，我坚持买了多年，直到这本书不再出版。我们就读的学校里是没有图书馆的，看书只有找老师借。这大约就是我们当时的阅读和写作环境。八一应该算是校园里写诗较早的一类人，买来方格稿纸，把自己的诗一笔一画地誊上去，然后投往各大诗歌报刊。那时还是能收到退稿信的。一段时间下来，就收集了不少诗歌报刊的退稿信封。在我们眼里，它们自然也是弥足珍贵的，这至少能说明，我们的诗在心中的圣地，即那些报刊社里转了一趟。我们的人生好像也因此有了些许与众不同的意义。

实际上，生活还是按部就班地前行着，我们的命运也并没有因为诗歌，和别的同学有什么两样。工作，成家，然后有了孩子，懵懵懂懂，忙忙碌碌，被一股看不见的大潮裹挟着，一路狼狈狂奔。而前方，并没有我们期待的鲜花与掌声，只有更多的迷茫和疲累。一晃，二十余年的时光过去了。

三四年前，大约是忙完了人生中该忙的琐碎，过了不惑之年的周八一突然醒悟过来，觉得自己此生应该干些“正事”了。于是，他重操旧业，开始读诗、写诗、参加诗歌活动。周八一好像找到了丢失的青春，他带着浩荡的诗情和奔放的激情重返诗坛，佳作迭出，频频亮相于各大诗歌报刊。纵观周八一近几年的诗作，主要内容是立足于乡土，以自己的视角，写出了时代大潮中一个诗人的心灵史，对故园深情的回望和不倦的歌吟。传统与现实，个人与时代，抵牾与契合，最后以诗歌的形式，在纸上达成了和解，进而实现了心灵的飞翔。

周八一长期生活在老桐城东乡的中心地带周潭。东乡山水已成了他生命与诗歌中的文化符号。东乡是武术之乡，在一般人的印象里，东乡是尚武的，民风剽悍。其实，另一方面，东乡也是崇文的。鹞石周氏名人如周京、周岐、周大璋、周芬斗、周卜政等，都是名动一方的文人。周京是明弘治贡生，学识渊博，不爱从政，隐居乡里，授徒为生，著有《丛林》《丛皇》《日游》等诗稿，惜多不存。名宦钱如京少年时代拜他为师，常说：“生平得如先生足矣。”因名“如京”。周岐是方以智、钱澄之的同窗好友，曾入史可法幕府，能文善武；周大璋是清雍正年间的进士，曾任《江南通志》局总裁、紫阳书院山长，著有《四书精言》等；周芬斗，雍正十三年（1735）举人，曾任台湾府诸罗县知县，诗文俱佳；周卜政，乾隆二十六年（1761）进士，后主讲永平书院，著有《三礼会通》等。周八一正是在这样一方浸润着书香的东乡土地上出生、成长和生活。正如他所说，“东乡的文化内核和精神气质，早已融进我的血脉里”。

在今天，我们为什么还要写作，尤其是为什么要写诗，又如何去做一个诗人？周八一说：“写诗其实就是自身不断修炼的一种过程，是自我的一次次抵达和超越。”对他来说，写诗是爱的回归，是一种自我完善和提升的过程。“多少次在梦中，那消失的老街，改道的河流，土地上不断更新的房舍和稼禾；甚至风中摇曳的一朵小花，一株野草，一缕飘散的蓝色炊烟，隐隐约约的鸡鸣犬吠，邻里之间的友爱亲情，拾荒二大爷早出晚归的佝偻背影……都深刻在我的记忆里。”对他来说，写诗就是这样，他要留住生命里的那些美好，哪怕它们是微不足道的，稍纵即逝的。但是，对诗人来说，却意义重大。他在坚守中发现或重塑着汉语写作的高度与活力。

坎坷湿滑的路上，我用
弥漫的书香
一次次，温暖自己

坚信迷雾终究会散尽
坚信时光的执拗
一定能找到那条回家的路

——《春夜偶书》

柔软，细腻。春风加持的笔
饱含光的温度和爱的醇绵

——《文笔》

你还必须慢慢学会
把自己当成其中的一个事物

在日日更新的春风中
用虔诚的心，承接这自然的恩典

——《带着孩子，去枫沙湖写生》

这就是诗人，是在尘世中能用弥漫的书香一次次温暖自己的人。世事纷扰，沧海桑田，物是人非，他却坚信自己一定能找到一条还乡的路。纸上还乡，诗意还乡，伴你一路而行的，只有自己孤单的身影。雨雪纷飞，渐行渐远，这似乎永无尽头的行程，到底是归来还是远去，已经分不清了。你不过总是在路上而已。

抬眼远眺，一只只青鸟
越飞越高，宛如白云岩
放飞的一粒粒的新词
在天空辽阔的页面上，悄然书写
绵绵不绝的万年之念

——《在白云岩》

"蓬山此去无多路，青鸟殷勤为探看。"什么是诗，什么是诗人，也许会有无数种答案。真正的诗人，他一定是有梦的，他的梦像青鸟一样，从俗世中出发，越飞越高，在辽阔的天空之上书写绵绵不绝的万年之念。在他人的眼中，也许天空中什么也没有，但是，诗人和他的诗已经来过了。

是为序，祝贺诗友八一新书问世。

**作者简介**

谢思球，安徽枞阳人，中国作家协会会员，安徽文学院签约作家。

# 目录

# 第一辑 高天厚土

你还必须慢慢学会
把自己当成其中的一个事物
在日日更新的春风中
用虔诚的心，承接这自然的恩典

# 浮山，带我穿越时光

沿着弯曲的山路
沉甸甸的文化和历史
只需半日，我便一一路过

苍松，翠柏，庙宇，亭台
被重新描红的
各个年代的文人的石刻
它们都是时光的掮客
用凝重的眼神，望着我

因棋说法，时事迷幻如棋
演绎黑白交错的人生
内心的纠结
在多少遍布杀机的风口
找到绝处逢生的人间幽径

此时，在滴水洞
我看见浮云如白乳
匆匆掠过时空
在洗心池恍惚的倒影中
我忘了来路，忘了归途

# 夜过西边沟

明月升起，群峰静默
参禅。云飘雾涌
翻动白亮的经书
点点清辉，唤醒一颗颗顽石
内心隐藏的通灵之光

抬眼远眺——
群峰之间的飞瀑，卸下暴烈
成吨的月光倾泻而下
宛如西边沟跳动的粗壮血脉
贯穿浩荡时光
呼啸而出的铿锵之音

灵魂中的战鼓与铁蹄
何时止息？
明月凌空，我与满山的
草木一道，屏息凝神。悄悄
捡拾禅宗的粒粒箴言
凝聚于胸

# 谒吴汝纶故居

曾经的繁华已化为虚无
曾国藩和袁世凯题赠的匾额
改成的黑板，还悬挂在桐城学堂的深处
悬挂在耄耋老人绵长的感恩中

春光无言。低洼处，几块
破损的房基石，凌乱散放
潦草地写出历史隐隐的病和痛

鸭子嬉戏的池塘，波光荡漾
在时光的缝隙里已严重缩水
淡淡薄雾，弥漫岁月的缥缈和沧桑

三人合抱的枫香树还在坚守
二百多年的风雨，它曾目睹
一个人裹着救国的雄心远行
揣着“勉成国器”的壮志回家

教育的重能否平衡时代的秤砣？

攘攘人间，它还在
时间的云雾里起伏不定

敬爱的先生，这个春日
带着一颗虔诚的心前来拜谒
红花绽放敬意，绿柳描绘深情

春风吹净沾满尘埃的身心
温暖的阳光下，我把内心的景仰
郑重地，安放到心尖之上

# 村庄的图腾：苦楝树

不知道有多少年
它就这样伫立村口
像一尊忠贞不渝的守护神
迎送着每一位
归家的游子，离乡的老人

那纵横交错、饱经沧桑的根
已深入村庄的心底
深入到民俗和生活的
骨头缝里。它偶尔的一阵战栗
一定是来自大地深处，来自

整个村庄的心跳。就像
梵音缭绕，它因此赢得香火
披红挂绿，成为村庄的图腾
初一和十五，总有人虔诚跪拜
祈求吉祥和平安

# 救 庵 记

山径幽，庵房暗
零星的香客，为何而来
和风轻语，将绵绵的仁爱铺展

山花浅笑，清溪呢喃
抬眼望，藤蔓依偎着老树
演绎千年不变的情话

青砖代替了山芋墙，普同塔静默
散落的岩石间，青青翠竹
摇落几多风雨
繁衍多少济世情怀

苍茫人世，忙碌的众生
依然穿行在生活的漩涡中
鲜衣美食遮不住灵魂的饥饿

松默默，佛不言
救庵啊救庵，伫立你面前
我不禁双手合十
将内心的沙粒一一清点

# 大青山行吟

十万朵桃花的灯盏
照亮大青山
照亮谢公的荷塘，诗仙的酒樽
这是爱诗者魂牵梦绕的地方
晃动的花影，在起伏的时光中
一遍遍吟诵着缥缈的诗音

群峰寂寂，收藏历史的烟云
草木浩荡的生机
张扬着生命的安然与恬静
覆盖铮鸣、鼓角
覆盖琉璃瓦辉煌的锋芒和霸气
覆盖我蓬松摇曳的思绪
忘却悲喜，伫立大青山顶
放眼四望，内心的平静无限辽阔

大青山是有福的
大青山的草木和生灵，是有福的
怀抱不灭的诗魂

谛听流芳的诗篇
在时光闪亮的刀锋里，放下
一生一世的不安和劳累
坦然地行吟，安逸地归去

# 去准提圣境

阳光拨开淡青色的晨雾
像佛柔软的手指，一层层
翻开你内心幽暗的庙宇

放生池里，游鱼粒粒自在
口中吐出的珍珠，一串串闪亮
日月深处的安宁和圆满

偶尔，有群鸟掠过头顶
随意丢下一颗颗晶莹
滑过隐约的诵经声，潮湿心灵

柔风轻抚，草木虔诚摇曳
山花含笑，幽幽吐香
吹散你内心的暗疾和阴影
又悄悄，种下深情与感恩

凝望准提庵，凝望悬浮在
庵顶一朵莲花般的白云

这天空的子嗣，大地的儿女
无声教会你，用感恩的心
把神赐的一切
一一奉献给人间

# 在白云岩

云飘雾缈，已熄灭
历史深处漫漶的硝烟
阳光的金币叮当作响，打造出
云蒸霞蔚的华丽云冠
把白云岩装扮得深沉而高贵

苍松、栈道、古刹、幽洞
跟随一阵风，游走其中
群峰肃穆，折叠内心的
隐忍与坚贞，把时光铸造的美
向我一一呈现

嶙峋的怪石挡住去路
她骨头上隐约的刀伤和剑痕
依然喊出远去的病和痛
恍惚之间，又被西岩寺废墟上
草木摇曳的清风，轻轻抚平

抬眼远眺，一只只青鸟

越飞越高，宛如白云岩
放飞的一粒粒的新词
在天空辽阔的页面上，悄然书写
绵绵不绝的万年之念

# 记　　住

记住枫沙湖静美的白帆
记住这青青长长蜿蜒的堤坝
记住堤坝里无垠的稻田
忙碌的耕牛

记住这静默的黄梅峰，发洪山
记住山下繁茂的桃树，梨树
柿子树……以及绿荫环抱中
一个一个安静的村庄

记住民风的淳朴，乡亲的勤劳
记住生活中铭心的爱，刻骨的疼
记住那么多汗水和泪水
孕育出的希望与彩虹

必须一点一点记住
并在来生，一步一步地往回走
直到再次走上湖堤，沿着来路
将今生细细地重走一遍

# 想起章冠鳌

穿过桃花和美人
穿过吴汝纶的《章冠鳌传》
在章氏粉墙黛瓦的祠堂中
一把二十五公斤的刀，斜靠屋角

我没有像众多的游人一样
伸手掂掂它的分量
但我却分明从它蒙锈的锋刃上
听到一个人安静的魂灵里
呼之欲出的铮铮之音
刚毅，柔软，弥漫着血性

想象一把浑圆的刀
舞动着雪花，劈开动荡的时空
独步千军，轻取乱贼头颅
用忠勇蘸满热血的传奇
把东乡武术之道，写到极致
在民心中，撑开一片仁义的天空

眼含热泪，我又一次
在心里写下章冠鳌的名号
阳光下，满山草木迎风呼啸
晨钟响起，一群孩子走出教室
在操场上练习武术
蹬腿挥拳，喊声铿锵
把一招一式，打得虎虎生风

# 去江堤看油菜花

（一）

是春光灵动的手指
翻开这黄金的册页
一层层浮动爱的呓语
掩盖三月躁动的魂

一种美缘，绽开沉甸甸的福分
铺开静美，洒脱和大度
飞舞的灵性，传送悠远的淡香

花海中徜徉，怒放的心花
沾满馨香和甜蜜
随浩荡的春风，波澜起伏

（二）

阳光的金币，叮当作响
八百里皖江岸上，欢歌荡漾
浮动花朵的甜言蜜语
借千万只蜂蝶的翅膀，殷勤传送

百转千回的梦里
这蓬勃汹涌的花朵，汪洋恣肆
漫不经心，就打开了
花海中写生的少女
一颗萌动的心

她目光里流淌的痴迷
一眼就知道
她爱上皖江，爱上枞阳
爱上诗意弥漫的
春光深处，款款律动的生命

## （三）

听，有黄金铸造的音符
在天地间流动

流过八百里皖江颤动的春光
流过春光里悄然绽开的梦想
流过梦想中姗姗开启的心扉
流过心扉间抑制不住飞出的祝福
流过一声声祝福打开的
芬芳，妖娆和心跳

这铿锵的音符，层层叠叠
磨亮内心隐约的刀斧
斫去灵魂暗藏的荆棘

## （四）

必须用心拜谒。这三月的魂
高贵的王，她多么慷慨哦

对着那么多前来朝觐的人
恬静，微笑，口吐暗香
不分男女老少，不分贫富贵贱
一一散发分量相同的福包

我也是其中一员，领受，感恩
幸福恰似春光升腾，摒除
心上的恨，命里的疼

沉默。无言。忘我。一任它
潺潺渗进心田，催开心花。悄然
覆盖落寞寂寥的中年心境

# 与周潭书

（一）

柔风把春天从远方送来
安放在山脚的桃林里
静心等待

在一片桃叶的脉搏里，我
蛰伏了很久。用最干净的
枝条，弹响深爱的琴弦

那么多丰腴的憧憬
一如悄然怒放的桃花，虔诚地
用缤纷的倩影，与流连的
蜂蝶。联袂起舞，演绎
古镇周潭最醉人的美

（二）

夏雨敲响蛙鸣的铜锣
田野里起伏泛金的麦浪
铺叠一个季节沉沉的希冀

多少次，我在乡间的小路上
徘徊。蝉鸣一样的
心潮，平平仄仄，裹挟着
饱满熟稔的诗情，恣意疯长

我用灵魂倾听，麦子
用金属的声音和鸣
它悄悄胀裂的时候，我
随着流动遍野的风
荡漾那份馥郁——柔润，丰满
金灿灿。为古镇周潭
献出一片醇绵的芬芳

## （三）

大雁呢喃，光阴
弥漫着眷恋。秋阳婉转
飞舞的金光，环绕在
老屋窗前的那棵苦楝树上

我在厚实的浓荫背后，伫立很久
凝视着母亲灶台前忙碌的
身影。夕光映亮她根根白发
晶莹似雪，惊醒我心

炊烟袅袅，弯弯曲曲的
淡蓝韵脚，牵扯着
远去的温馨岁月

我不敢轻声吟诵
牵肠挂肚的《游子吟》，担心
那透明脆弱的诗句，一不小心
就会碰落母亲挂在眼角的

浊泪。把血脉里流淌的爱
藏进苦楝树的年轮，潜生暗长

**（四）**

我萝卜一样脆生生的爱
我白菜一样青滴滴的情

在梦里，无数次徜徉在老街上
斑驳的马头墙，发亮的石子路
时光的坚贞大手
悄然抹去了多少忧伤和暗疾

日子像冬至一样短
年迈的人聚坐在堂屋里
消磨着纸牌般不可预知的光阴
碎金般的阳光，叮叮当当
打在青石板的薄雪上

一群顽皮的留守孩子
喊声放飞着欢乐，间或
在未粉刷的红砖墙上
用粉笔头歪歪扭扭地写着：

×××是个大坏蛋！

时光婉转，那么多的人
已候鸟般飞走，潮湿的梦中
还能否看见故土的明月和炊烟？

## （五）

四十年的影像，如电影
蒙太奇般缓缓呈现——
老街后面一座低矮的小屋里
一位寡居的周姓老人，他臆造的
神仙和鬼怪、英雄与美人的
传奇，把我的童年
一个个饥肠辘辘的寒夜
慰藉得热气腾腾、有滋有味……

哦，我坚信我是有福的
被古镇周潭淳朴的民谣熏陶的人
是有福的！黄梅峰的坚韧
枞沙湖水的柔情
东乡的侠肝和义胆
点化我们：敢爱敢恨，做真诚的人

就像那寒风中怒放的杜鹃
忠贞而勤勉。迢迢长路
眼含热泪，心揣热爱
把未来的生活，打磨得
蓬蓬勃勃，红红火火

# 在黄镇图书馆

（一）

光阴布满风尘，灵魂需要救赎
沉潜的爱，被书香加持
凝神低眉时，心渐渐静下来

（二）

忘掉轻飘与虚妄
墨香浸润的根，在岁月的
风口，正悄悄抽出新叶

（三）

思想的结慢慢解开。
一脉新鲜的血，缓缓代谢着自己
沉浮的人生，将获得安抚和舒展

（四）

为何迟迟不愿意离开？是否
还想找到那把万能的钥匙
打开逼仄的门，走向广阔的生活

（五）

内心的湖水，浩瀚如镜
临镜对影，一如经世的智者
把爱无限放大，把恨无声清零

# 深夜失眠，在湖滨路漫步

月光漂白午夜
梦境褪去色彩
深夜，我独自醒来。小城枞阳
正安睡在迷离的夜色里

无法入眠，那些缪斯的孩子
犹如一辆晚归的出租车
正疲惫地从我眼前
缓缓驶过。他们用沉默
坚贞和汗水。把生活的轻与重
一遍遍深情演绎

是啊！我已爱上崭新的岁月里
她水的纯真，火的热情
我更加爱上
她时光的前台上迷人的歌唱

无法入眠，那么多缤纷灵动的
诗话，正喧响在我滚烫的血液
和一身忠贞坚韧的骨头里

# 姚鼐登泰山

苍山负雪。冰霜覆盖的山道上
一个瘦弱的书生，在独行
风中飘散的叹息，恰似
一片片破碎的雪花
消失在苍茫的时空中

而在遥远的京城
文字的刀光剑影，传来犀利的
血腥，让一颗怀揣是非的心
在寒意凝结的关口
一步步打滑

高处不胜寒。当雪花
覆盖另一片雪花，深渊之下
还有谁能看清事物的真相
打开被虚幻的白遮掩的
真理之门？

明烛天南。奔向天边的落日

那么圆，那么亮，那么暖
她将唤醒一颗潮湿疲惫的灵魂
浸透书香，翻越陡峭的
荒凉之境，皈依故乡

# 凤凰山呓语

## （一）

循着钟声，把久远的梦
放置佛池、丹泉。斜阳过后
清风送来恬淡的词，洒落心间

岁月的寒贴着心跳，明月穿云
那么多的香客，把梦踏碎

溪水的呓语与牵念，透迤而去
不说归期。薄衾耐不住
清寒。凤凰隐入暮色
清幽的钟声里，历史无语

飞檐与石拱桥已更换颜色
只有风，轻弹隐约的弓弦之声
把凤凰山的前朝与今世之念
吹得呜呜作响

## （二）

云雾缥缈，掩藏雄奇和绝美
穿越险峻的山道
我们爬上凤凰山的攒云峰

放眼望去，苍山掩雾，瀛洲缥缈
松香裹着联翩的浮想
波浪般向远方起伏，漫延

目光逐渐变得深邃、远大
一些忧伤，苦痛或暗疾
一任山泉飘逸的水声，潺潺流走

攒云峰上，我的灵魂清澈明亮
随四方升起的云朵
轻轻荡漾，融入天籁

如梦，如幻。攒云峰顶
沉静的心，已开成一朵莲花
安然承接微风和阳光的爱抚

## （三）

朝阳寺钟声清脆，香火袅然不绝
我双手合十，虔诚凝视霞光万丈

山花浅笑，草木吐香

我的诗跳动着欢喜，在落寞之后

还要走多长的路？我虔诚叩问
凤凰山无言，佛无言，我也无言

而我终究是个行客，匆匆的
把旧梦揉碎，又把一个新梦圆起

# 乡村名儒周大璋故里

润物无声，春雨的反光
翻开泥土气息，河流气息
草木气息。鸟翅翩然
穿过雨的缝隙，掠过芊芊枝头
又消隐于繁复的雨声中

《修凝堂文钞》摊开内心的书桌
泛黄的纸页上，笔锋的游龙
惊动一行行乌亮亮的闪电
照亮广袤的山川、湖泊，照亮
一颗大地般宽厚仁慈的心

我相信这是血脉永生的力量
清风过耳，八角亭飞檐上的铜铃
反复传颂你言行的回声
荡漾在桐枞的时空，无限放大
凝成一匾金灿灿的孝道禅修

朗朗世界，一束束明亮的光

悄悄在我灵魂中喧响
融化心中的块垒。俯身向下
在孩子纯净的眼神里，我一遍遍
教化他们，分辨是非与黑白

# 薄暮，在江上草堂

草堂静默，万竹垂下深情
稀释薄暮的霞光。紫柏如椽
饱含出世之念，它已
习惯岁月的宁静
粉墙红窗，裹紧一颗脱俗的心
安然在草木舒展的呼吸里

散木不朽，伫立历史的时空
遒劲的枝干，素描一个灵魂的
内敛和飘逸。虔诚凝视
我是否能用其中的一支
沾染大师笔走龙蛇的灵气
清理内心俗世的淤积

俯仰沉吟，在诗书画
飘香的草堂中，我还想找回
灵魂的原貌，生命的本真
历经岁月的风霜雨雪
化为一根坚韧的硅化木
归于安宁，独守清纯与孤傲

# 带着孩子，去枫沙湖写生

春风一遍遍吹拂
那么多水灵灵的灵感，呼唤我们
孩子，走！
我带你去枫沙湖边写生

但我必须告诉你——
你要在灵魂的深处
一点一点，存储天空的蓝
必须将这湖水的澄净
一滴一滴，汲进你崭新的笔管
必须摒除一切杂念，用心画出
这风中摇曳的花，飞翔的鸟
草叶上轻轻颤动的
晶亮晶亮的露珠

你还必须慢慢学会
把自己当成其中的一个事物
在日日更新的春风中
用虔诚的心，承接这自然的恩典

# 水东老街

一千三百五十米路程，确实很短
一千一百年历史，也不算太长
而你，或许要用一生的时光
才能读懂她的纹理

坐在临街的竹椅上
慢慢读吧——
读她红灯笼透出的祥和
读她蜜枣飘逸的甜香
读她青砖灰瓦里光阴的静美
读她皮影戏无声的刀光剑影中
演绎的温馨，富足和安宁

或者，在月朗星稀的夜晚
读司泰和忠厚的家道
五道井纯净的遗风……
再走一走十八踏
让青石板上幽幽蓝光
轻盈你归真的灵魂

# 十 八 踏

就用水阳江水清凌凌的浪花
洗净你沾满风尘的面容

漂泊的人哦，请站稳脚跟
莫回头，一步一个脚印

十八步，每一步都像曲折人生
经历的片段，难舍的情缘

当你迈上台阶，恍惚走过
灵魂缤纷的炼狱，生活苦累的节点

扑面的徽风皖韵，悠长
婉转，悄然融化你心中的积石

仅仅借用了五道井水甘洌的秘方
水东蜜枣绵甜的药引

# 白荡湖湿地的芦苇

沉醉这天然的氧吧，我把自己
想象成白荡湖边的一株芦苇
与万千芦苇一道，为浩荡的春风
铺开一条广阔的绿色通道

各种各样的鸟儿，在我心上安居
舞姿轻盈，叫声甜蜜而柔美
我用丝绸般的光洁，释放柔情
舒展四季，把它们
珍藏为我身体的一部分

片片芦花，迎着秋光飞舞
那是我洁白轻盈的灵魂
在安宁祥和的岁月中，情不自禁
放飞的一朵朵爱恋与思绪

如果它有幸粘在你身上
请一定要把它带回家
告诉身边每一个人，在这辽阔的
人世，一种深远的幸福
正在白荡湖福地，蓬勃蔓延

# 遇见岱冲湖，遇见美

熹微晨光中，百鸟从湖面上醒来
翅膀扇动潮润的空气
轻快地掠过头顶。凝神之间
我半生苦寻的那些灵动的文字
一粒粒扑啦啦从心头飞起
迫不及待地组成一行行动感的诗

伫立湖边远眺，一轮红日
从起伏的苇丛中慢慢升起
湖水抖动柔软的红丝绸，迎面舞来
红日升高一寸，光芒就放大十分
漫步堤岸，我看见人间
最美的佛珠，把爱无遮无拦地倾洒

湖风扑面，带着湿润的香甜
吹散灵里的浊气，化开魂中的块垒
在佛珠跳动的光芒中，敞开心门
让荷香涌进来，让鸟鸣跳进来
让一只无忧的白鹭，停留肩头

歪着脑袋，亲热地对我说：你好！

徜徉岱冲湖畔，我遇到的美
如此纯净。那四面八方绵延
起伏的柔软湿地，恰如我此刻
忘掉世故而渐渐平静的心
开满星星点点、流光溢彩的芳香之花

# 我生活的村庄

光阴平静而缓慢。四季风
从黄梅峰蜿蜒而来
八角亭飞檐上三百年的铜铃
就传颂野花和水墨的余韵

有人趁黎明起身，撒开渔网
捕获枫沙湖沉潜的星光
有人负暮色归来，脚步轻快
踏响满川稻黍的和声

童稚天真，背着红日的钟声
往返。洁净的沥青路上
思绪飞扬，是被支教的大学生
他们甜美的歌声，一拍拍牵引

抬头望去，西山上新添的
墓碑，是又一枚落下的月亮
总是在不经意时看我一眼
让我一次次弹响生活的琴弦

不要问，我为何如此热爱
秋声里，南坡的红枣和黄梨
那一颗颗浑圆饱满的笑脸
是送给你的最好答案

# 一场新雪，正覆盖村庄

一场新雪落下来
覆盖山坡的油菜，茶园
村庄高低错落的屋顶
世界如此大同。花喜鹊
从梨树飞落到桃枝上
它的叫声，清亮而甜美

我踩稳打滑的脚步
跟在驻村扶贫的李书记身后
从村东走到村西
雪地上留下的坚实脚印
像一棵悄悄生长的树
把一行行柔韧的枝丫
伸进千家万户

内心跳动的诗行，缀满花蕾
一朵一朵，绽放馨香
和温暖，与飘落的雪花
遥相呼应。灵魂辽远的土地上
遍布崭新的梦想和春色

# 第二辑 书香温暖

她播撒的爱越来越广
谱写出一曲又一曲新词
奔放、豪迈，唱出亿万灵魂
生生不息的万古之念

# 春日，读《道德经》

那是用血炼成的经卷。
五千年大风，淘尽尘沙
留下一座座道与德的山峰
沧海知道，桑田知道
一岁一枯荣的草木

知道。这必将成为
人类永恒的向往，我们
用雨水的洁净，滋润葱郁的橄榄
鸟瞰阳光照亮的幽暗深谷
清朗乾坤，她时刻提醒我们
生存和创造的终极意义

春风再次展开经页。你听
花朵的喇叭，又吹出和谐的旋律
甜蜜，温情，唱颂
大地之血养育的厚恩
千万只蜂蝶从浮世中飞来

在阳光垒筑的无边道场上
翻唱这部浩瀚的经书
翩翩起舞，相亲相爱。看吧
他们要把这盛大的迷人的春天
执着地，抬到人间
高高的山巅

# 在春天的枝头

在春天的枝头，多想
让梨花的洁白覆盖我，淡香
悠远。让一粒一粒的鸟鸣
敲响灵魂的清脆

打开时光的栅栏
铺排韵律，填一曲《醉花阴》
领一群斑斓的蝴蝶
蹁跹在岁月的缤纷里

用雨水洗亮诗歌的眼睛
融化骨头里的寒冷
带走内心的污垢，忧愁
和细小的罪

看万物恢复原有的秩序
自由，向上，飞翔
倾听人间烟火，细细陈述
宽恕。爱怜。悲欢

# 中 年 书

夕光送走鸟鸣
炊烟淹灭黄昏
一个人内心的城
暗淡。陈旧。乐音悠远
泊满月光与涛声
被半月的利斧

追问。明晃晃的光
照亮沧桑，愁绪
散落的忆念
悄悄爬上墙头
锯齿形的投影
是生活留下的仓促的疤痕

等待一颗悬而未落的
泪珠。当它从高高的月光枝头
滑落。溅起的微尘
无声无息，又一次
弥漫生活的宣言

# 把长夜坐穿的人

把长夜坐穿的人，他用心
捧起唯美的词语，装饰梦境
用流水清风，安抚草木之爱
把人间之痛，锁进内心的书柜

星光照亮夜晚，流星
带走挚爱的姓名，一场雨
注定要下在中年
下在坎坷湿滑的命里

击打命运的枝条，躲过刀斧
它开出的细小的花
等待亲爱的人相遇，验证
纪录和留存

不迷前尘，不信宿命
精心锻打一首生命之诗
完成骨头的精致和血液的灵动
让我，岁月，桃花泪流满面

# 《寓言》新解（四首）

### （一）买椟还珠

在我眼中，这光彩夺目的
珠子，是垃圾，是粪土
是一粒衍生罪恶之花的种子

我需要的
是这一方精致的檀木盒子
散发清香的盒子
来装载
我轻飘飘的灵魂

不让它
在这滚滚的红尘和俗事中
被一阵细小的风吹走

### （二）画蛇添足

尽管我没有喝到那壶酒
(那本来是属于我的酒！)
但我不后悔，不绝望

笑话我的人，自作聪明的人
被世故的烟尘蒙蔽心灵的人啊
你们怎能看到万物的脚——
天空的脚
白云的脚
流水的脚
那大地上悄悄滑行的蛇的脚呢

## （三）南辕北辙

我反对为达目的
而喜欢走捷径的人
我的目的地在南边
我偏要向北，一直向北
为的是看尽这辽阔的大地
为的是阅尽这人世间的沧桑

条条大路通罗马！这七个字
干净利索，掷地有声
但我看重的
不是结果和目的，而是
那条慢慢逼近它的
充满风霜和坎坷
让人刻骨铭心的路程

## （四）叶公好龙

我真的喜欢龙
那君临一切、傲视万物的龙

她一直在我的梦想中
执着地飞翔

当她突然显身
带着狂风、闪电和惊雷
我惊慌失措、五体投地的模样
是显得滑稽，让你们嘲笑

可有谁理解？我一生的
梦想，难以实现的梦想
它突然降临时，我内心
涌动的巨大惊喜和战栗呢

# 秋浦河夜读

因诗而读你。当我吟出秋浦河
那弯弯曲曲的水路
就丝绸一样荡漾起来
两岸的石楠和女贞
就有了温度和灵性
顺河漂去。惠风柔软，碧水澄明
招展的杏黄旗
还在反复吟诵诗仙的心迹

杏花朵朵开，这人间
清雅的爱，漫过十里春风
慕名而来的人一再回头，流连
在秋浦河的绿色波光里
洗去灵魂的暗疾，找到
亲近自然的禅意和真经

夜宿太白酒家
窗外木香淡淡，虫儿和鸣谈禅
画舫动，琴音起。谁的呢喃

摇晃出涟波？河面雾气升腾
是诗仙舞动的白色长袖
星光下，又一辆大巴呼啸而去
把干净、清素和翠绿的
诗意，送向四方

# 夜听《长江之歌》

（一）

像佛，如此纯净、慈悲
手持雪莲和格桑花的梦想
走下高原雄壮的胸膛
带着红尘与夙念
姗姗而下，逶迤西来

万里江山如画，缓缓展开
鼓角和铮鸣起伏在奔腾的水流中
拂开烟尘，粼粼跳跃的
波光，把史册一次次照耀

（二）

怀厚爱，揣深情
千手柔软
环抱一座座村庄和城市
在无边的春色里
悄然繁衍，生息

草木光华，舒展自在的风骨
摇曳千姿和百态
万籁和鸣，迷离着日月
一遍遍放飞
内心的喜悦与感恩

### （三）

顺流而下，一代代的图腾
被水波冲刷得闪闪发亮
涛声激越，淘尽浪沙
沿途的山岩，都有着英雄的壮烈

多少次缅怀，用一樽薄酒
祭奠一位位远去的魂灵
江水喧哗，闪耀银质的光泽
涌入心灵，一遍又一遍
敲响沉甸甸的民族史话

### （四）

向下，向低
低处的生活，令人尊敬
像先祖们的一生
隐忍，坚贞
搏击在起伏的生活里

傲然的风骨，穿过命运的
惊涛骇浪。坚韧的魂

伫立时光的祭台
在层层叠叠的岁月中
竖起座座丰碑

**（五）**

曾经的辉煌，已成为日出的
背景。江水的浩荡里
深藏着变革与风雷

风一次次吹过，涌入眼帘的
是后浪推着前浪，你呼我喊

争流的百舸，风帆鼓足
背负又一代的梦想和荣光
向着辽阔的蔚蓝，奔涌

**（六）**

奔涌！浪花飞溅的碎银
锻打出一声声嘹亮的号子
带着金属的回音
喊出震撼人心的亘古之梦

百帆林立，宛如千军万马
身披朝霞的绯红。神性的江水
悄然洗亮一个民族
内心深处的霸气与锋芒

## （七）

江水养育的家园
越来越富裕。每一株花木
都像一个个快乐的天使
举起深情的焰火

在岁月更深的语言里
因为热爱
她们用江水纯洁的柔情
滋润着灵魂的词根

## （八）

一条江就这样永恒地流着
像永生的血脉，贯穿
江山峥嵘秀美的躯体
流进你我他的血管

她播撒的爱越来越广
谱写出一曲又一曲新词
奔放、豪迈，唱出亿万灵魂
生生不息的万古之念

# 春夜偶书

春寒浮动。长夜难眠
一朵怒放的花
在臆想里浮动，吐香

光阴婉转。我努力
在弥天大雾里，将所有
和命运有关的想法，耐心搅碎
酿制成一剂灵魂的良药

爱与恨，已凝结成雾凇
放射清幽幽的光
坎坷湿滑的路上，我用
弥漫的书香
一次次，温暖自己

坚信迷雾终究会散尽
坚信时光的执拗
一定能找到那条回家的路

# 九月书信

蝉仍在枝头歌唱。铜质的
好嗓子，唱不尽这乡村九月
跌宕起伏的好时光
孩子们在泛金的草地上奔跑
紫葡萄把水晶的灯笼，挂满山岗
农家小院里，一树石榴
咧嘴笑了，她们把阳光的蜜
一点一滴，悄悄往心中存放

酒香在空气中弥漫，心沉醉其中
我想用这绵延纹金的土地
作为信纸，借岁月缠绵的语气
五谷沉沉的词语，金丝菊镀金的标点
给远方的你，写一封长长的信

请原谅，在这封信的字里行间
弥漫着阳光翻动泥土的熟稔气息
原谅我棉花般纵横交错的语无伦次
原谅我在这封信金风玉露的结尾
没写上老套的祝福，而只画上
一颗被斑斓的色彩装饰的心

# 生生如是

——夜读《柳如是》

月烟孤怀，柳图遗恨
乱世中行走，着男妆
灵魂的水湄，激荡金石之声

绛云飞红，红豆遗恨
云水之心，飘过
小家，大国。动荡的江山

雨狂，风急。闪电的血脉
审判历史的天空，检视
水寒，骨媚，气节中隐藏的
软弱和奴性

一杯酒擎在半空，默思
人间的债。锦丝结句
缀满离愁、忧愤。化为淡然
用生命的血红，一一偿还

今夜读你，读人生烟云
念桃花忠贞，生生如是
引领春风。一年年
从江南妩媚到江北

# 金色的草地上

像一群蹦蹦跳跳叽叽喳喳的喜鹊
悄悄挣脱爷爷奶奶的“羁绊”
从四面八方翩翩飞来
在秋雨过后泛金的草地上
奔跑，歌唱，游戏……

累了，就躺在大地宽厚的胸膛上
炫耀老师们赞赏的五角星
品尝着爸妈快递来的巧克力
侃着从学校阅览室读来的英雄与传奇

然后，你们就天真地守望着太阳
太阳光辉的面庞让你们迷恋
望着望着，泪水就不知不觉地
流下来，可你们却不知道
这是长久地向往太阳的结果

当周身都充满阳光香喷喷的气味
你们满足地爬起来

打个喷嚏，揉揉眼睛，就看到
阳光洗亮的田野尽头，村庄边缘
手拿柳枝东张西望的爷爷奶奶

嘘……这些尚未见过世面
被村庄宠爱的留守孩子哦，此刻
我正静静地蹲在不远的地方
爱怜地看着你们，一只快乐的小鸟
在我的胸腔自由地歌唱

# 文　笔

柔软、细腻，春风加持的笔
饱含光的温度和爱的醇绵
在大地辽阔的宣纸上
渲染一曲曲新词的婉约与豪放

情感的血脉，随着笔尖流淌
所到之处，芳草舞蹈，百花伴唱
花喜鹊驻足的一颗颗顽石
也抑制不住吐纳温热的气息

笔锋婉转，抖落几滴雨的灵动
凝聚在新生的竹笋尖上
多像迎风眺望的小人儿的眼神
把这混沌的人世，照得透亮

# 砖　书

质本泥土
历经岁月之手的锻打
生活之火的锤炼
这一块块敦厚的砖
棱角分明，方正有度

它撑起乡间的民居
城市的高楼
长城挺拔的脊梁
凝神细看，每一块砖上
都有一个真实的姓名
鲜活着岁月，生动了历史

我毕生修炼的，就是
用生命的笔，在其中的一块上
写出方方正正的自己

# 致　妻　子

这些杂粮，五谷，蔬菜
这些花草，干净的衣物
整洁的房间，以及
你的汗水，你的糙手，你的笑靥
这些时光深处闪亮的珍珠

此时，我又悄悄
回想一遍，抚摸一遍
我的回想与抚摸，依旧
没有动作，也没有声响

像我对你的爱
简单，专注，沉默
像这阳台上，无声开放的兰花

# 不　想

不想隐藏目光中的深情
细碎的过往，满纸的风华
在一首诗歌中，慢慢开花

不再迷恋那婉约的爱情断章
不再停留昨日，梦在蔓延
幸福的空间很大，我们

沉默，沉醉，迷恋
找寻深埋在日子里的黄金
我们携手，甜蜜是永远的

# 回　味

这些年，生活赋予你的百味
会让你有一份幸福的迷失
或短暂的遗忘
你总是会因一种莫名的缘由
开心或静默起来

这些年，你总是看到一只倔强的
鹰，奋力飞向落日的远山
那来自广阔的田野里
守望的歌谣，让你沉浸于
浓厚的安逸和宁静之中

这些年，你总会想起
许多美好的事物
苍山、静水、坎坷的路
五彩缤纷的光阴里
我们厚重的呼吸
仔细想想，那留下的足迹
都在无声地发芽、开花、结果

# 默读星空

夜空浩瀚。星星点点颤动
每一颗都安守自己的位置
在深蓝的宣纸上
闪着或明或暗的光

宛如这人间大大小小的
城市和村庄。又如忙碌其中
一个个微小而真实的人

今夜，我默读
这辽阔无垠的星空，倾听
闪闪烁烁的梵音，宁静、恬然
微风轻抚，心头涌起微澜

这华丽而深邃的天书
这跳动着的温热的虚词和实词
丝毫不显得拥挤和多余，铺开

盛大和壮美。默读星空
灵魂渐趋安宁。看——
那悄悄滑落天边的一颗
是爱在无边的时光中留下的余音

# 信

请相信！我有足够的
耐心，写一封长长的信

用泥土的结构，花草的修辞
鸟语般朴素的语气，书写
年的篇章，月的段落，日的小节
不隐藏石子硌脚的疼痛
刀锋划破的伤痕，以及淡淡书香
掩盖的泪的苦涩、笑的甜蜜

信纸由白变黄，由薄变厚
当我用心写完这封信，去了远方
某个寂寥的夜晚，如果
你有兴趣，请细细阅读它

倘若有打动你的地方
就用红笔做上标记。要是觉得
一无是处，就一把火烧掉
把飘飞的灰烬，寄给我

# 旧　　物

我喜欢在拥挤的旧事物中间
寻找被岁月掩藏的美
掸去一把古琴上的灰尘
它咿咿呀呀苍老的曲调，一下子
就把我带进典雅的大雪之夜

红泥的火炉中，炭火尚未熄灭
长满铜绿的旧烛台，烛火摇曳
把我们对烛弹唱的影子
涂抹在木质暗黄的板壁上
一会儿交叉，一会儿重叠

屋外，雪无声地下着
偶尔一声咔嚓，是枯枝断裂的声音
它并没有惊动我们。我记得

总是在平淡的情节的末尾
你小心地打开掉漆的红木箱子

虔诚地翻开一本线装的古籍
凑近烛火。单调沉寂的茅庐之下
我们并肩凝神的样子
像遗世多年的旧物，被时间丢弃

# 犁桥画梦

老砚润开春秋。一匹
古典的丝绸，缓慢打开
唐宋清雅的格局

明清水墨的倒影里
忽见青花瓷般娉婷的身影
端坐在雕花的木窗前
临镜，梳妆

柳丝纷披
紫燕轻巧的呢喃
如珠似玉，串起一阙
湿漉漉的小令

恰似一根玲珑的绳索
绑住我红尘中疲倦的魂魄
押解到犁桥

# 与 子 书

半亩方塘，盛满人间修为
你必须学做那一株莲
守住一颗入世的心，中通外直
不蔓不枝。安守尘世一隅
用德馨的香，吸引蜻蜓和蝴蝶

须深入浅出，抛开贪痴与瞋念
把根扎进深厚的泥土
与流水清风为友。风月无边
弹响灵魂的梵唱，那种透彻之美
必将醉倒万籁和夜色

光阴曲折而浩渺，暗藏冷酷的
风刀和霜剑。我愿你心怀慈悲
从俗世中抽身而出
把洁白馨香的爱，无私奉献给
一个个因无助而需要你的人

记住，你永远是土地的子民
那些用热血喂养土地的人，你须终生
把他们敬为你至真至爱的亲人

# 玫 瑰 记

是举起的小火把，抑或是
怒放的玲珑心，在时间葱绿的
缝隙，跳动生活火红的呓语

多少次，你在梦里画出它的样子
在一张纹金宣纸的右上角
签上自己的姓名，交给时间

人间有那么多隐忍的愿望
宛如沉默中打开的花瓣
承受雨露，也承受阳光和风

指尖触摸的疼，有润开的血痕
如果你永不放松，那种刻骨铭心
将被环绕的蝴蝶，一层层加深

# 第三辑 倾情独白

春风一遍遍地吹拂
我的村庄，我的亲人，他们
怀揣的初心中，都珍藏
一颗明亮的太阳

# 村庄之爱

语言是苍白的，今日不宜倾诉
眼泪是沉重的，那么多的人
抑制不住地流下，滴落在
干净整洁的水泥山道上

万千念想哽在胸中
沉重了心情，拽住送行的脚步
是经果林沉甸甸的丰硕
灌满你火红的心血
是拦山水库清凌凌的水波
映现你疲惫的灵魂
还是这万亩复垦的农田
涌金的稻浪，喊出你恒久的心声……

哦，老村长，四十年来
你精心打造的一座碑，已刻在
山村的心里，百姓的嘴上
共和国脱贫攻坚战厚重的册页里

唢呐声声，惊动一枚成熟果子
悄然落向沉默的土地
像你的爱，在村庄漫长的守望里
得到永生，找到永恒

# 深秋的水彩画

蹲在深秋的田垄，那位老人
指间的烟火，点燃田野的辉煌
弯弓的脊背，把生活深远的遐想
射向盛大的黄昏

这种姿式，古朴、凝重
我不止一次地读过
熔金的落日，赭色的土地，忠诚的黑狗
还有那一排排高低错落整洁的房屋
让乡村亘古的守望，日渐深刻

风吹过，像一群
抑制不住内心喜悦的孩子
跳过田垄，和老人撞个满怀
一种幸福的呻吟，从情感深处
汩汩涌出，冲破田野的安详、宁静
慢慢漾开，又一层层聚拢
轻抚老人的肌体、灵魂

一幅生动的水彩画
因此形成。夕阳下，涌金的田野
沉醉的老人，欢快的黑狗
被秋风的画笔渲染在一起
那么和谐，那么温暖，那么打动人心

# 二大爷的心愿

扶正怀孕的玉米
摘下饱胀的蜜瓜
葡萄架下
草帽扇动的凉风，漾开
大山村二大爷深深的惬意

天，越来越热
他的心，也越来越热
掐指思量，这一季的收成
还完陈年的债务
应该还有不错的盈余

一辈子和泥土打交道
他的愿望，似乎从未
高过泥土，高过粮仓
五年前的土地流转，梦想
才开成烈日下的芝麻花

成串葡萄摇晃眼前

那是一粒粒饱满的甜
缀满未来的生活。他想
等到秋风乍起，阳光熔金
一定要把那最大最圆的
一颗，请驻村的第一书记
细细品尝

# 我的村庄

浩荡的春风，酿出香醇的酒
村庄湿润的心田上
一树树桃花杏花的灯盏
照亮男女老少缤纷的喜悦
照亮流转的土地上，五色种子
破土而出的一声声脆响

晨光中，飞舞的花喜鹊
叽叽喳喳谈论着幸福
我跟在年逾古稀的二大爷身后
爬上一座向阳的山坡
在他承包的茶园里，一片片
茶尖，绿得晶莹，油得发亮
阳光的蜜，混合着花香
正无声地，把他的春心烘暖

春风一遍遍地吹拂
我的村庄，我的亲人，他们
怀揣的初心中，都珍藏

一颗明亮的太阳
在泥土氤氲的馨香里
在时代跳动的脉搏上
用真情和热爱，孕育着
新农村建设的最美篇章

# 趁阳光还未收紧

棉花地里，高大的棉株
高过人头。藏住瘦小的姐姐

如果不是那咧嘴的棉桃
哼出温软绵白的黄梅小调
我寂寞的心，肯定会在
路过的风中，一阵阵收紧

虫鸣唧唧，阳光斜斜地照过来
我放掉手中的一只蛐蛐
看它跳进一丛起伏的茅草
光影中，转眼就消失了踪迹

姐姐又背回一箩筐棉花
嘱咐我赶紧摊晒。捧起
这一团团洁白的云朵
像捧着生活的柴米，姐姐的嫁衣
我小小的心，已随它飞到天边

# 又是花浓月正明

木樨花开，她的香是有重量的
明月低眉，她的眼神也是有重量的

今夜，你独自行走在花香和月色中
骨头，被挤压得一阵阵发疼

灵魂深处的念想。清澈，透明
宛如种花人临终的期待，挂在高天

你无法回避。她离开的三十年
你尚未写出一封满意的信，用颤动的火

传送给她。那么多苍白的词语
在月色和花香中沉浮，无法成篇

沉香弥漫，藏不住你眼中的落寞
月光清朗，化不开你心中的深蓝

# 白 露 帖

秋风的语气又加深了一层
最先明了的草木，频频点头
用黄金的语言来回应

倚门驻杖的老爹，抬头看天
蓝天高远，孤云缓慢
它还没有找到落脚的山巅

蝉鸣嘶哑，被风语掩盖
曾经的金嗓子，在岁月的转角
悄然蒙上一层淡淡的铜绿

那些低下来的、谦卑的头颅
在与泥土的反复对话里
逐渐找到了生命永生的真经

一只背着沉重米粒的蚂蚁
绕过落叶上一颗白亮的露珠
坚定、从容，踏上回家的路

# 沉　默

果实悬挂枝头，红润的
笑脸，在摇曳的叶片中
时隐时现。我闻到
沉甸甸的酒香，跟随风
在秋天的每一个角落，游走

而土地依然不动声色
带着坦诚的仁慈，赐予人间
跌宕的幸福和起伏的欢喜
那么多采撷果实的人
往来在我视线里。其中
必定有一位是我永远的亲人

就做一棵无言的果树吧
扎根在大地宽厚的胸膛上
珍藏岁月的风霜雨雪，向上的
枝丫，一年年举起的
都是浑圆的信仰、饱满的愿望

# 清　风

清风吹过天空
星月明亮，云霾无奈
清风吹过大地
万物明亮，沙尘无奈
清风吹过心灵
灵魂明亮，肉体无奈

今夜，我独自一人
伫立在浩大的星空之下
辽阔的大地之上
沉默，无言，泪流满面

就让我在这清风中悄悄穿过
就让清风从我的魂魄里
悄悄穿过

# 被风吹散的词语

站在北风中的梨树，枯手
已握不住岁月的雪花

曾经，她搬运形容词的洁白
装饰春天的门楣
蜜蜂沉醉，蝴蝶也沉醉
铺排绿莹莹的动词
搭建夏日的凉棚，让流连
忘返的鸟儿，兴奋不已
犹记秋光的深处
那一树金灿灿的名词
甘冽、脆甜，滋润
我们枯燥干裂的嘴和心

而今，那么多鲜活养心的
词语，已被宿命的风
悄悄吹散。光阴的路口
她在静静等待，一柄刀斧
抑或一团蓬勃的烈火
唤醒爱，给她最美的加冕

# 腊　　月

黄天吉祥，厚土富贵
梅枝遒劲，展开时光的笔锋
腊月的篇章，被装点得
馨香而火红

清理农历的门楣
掸去浮尘和旧迹
生活的账本上，三下五除二
记下一年的苦乐和得失

品一杯老酒，呼儿孙研墨
高挂起内心的中国结
铺开的红纸上，提笔，蘸心
写下一行行灿烂的春天

# 对　镜

一日三省
是箴言，更是良方
须学那人，时常用灵魂的镜子
照心面，正衣冠

绕过癫狂与虚妄
在生命的荒场上
潜心种植，一朵一朵理性

花开，花落，香远益清
谨严细致的风骨
搭建出人间最美的道场

# 端午诗话

以楚辞为槌
一次次擂响天问
洁净的梦里
芝兰千年吐蕊
美人万古芳华

风中放逐的泪，已化为
岁月奔腾的浪花
号角铿锵，催发龙舟
激荡泱泱华夏
生生不息的浩然之气

漫漫长路，我们
一遍遍诵读《离骚》
拳拳之心，岁岁年年
被历史的厚重之烛
照得透亮，照得彤红

# 大寒之夜

我们煮茶，读经
冥想白蝴蝶轻盈的
梦。蹁跹在苍茫的人世

忘掉漫长的孤单
尖叫的苦寒
一把刀，已收敛了光芒
隐藏在骨头缝里

删掉多余的话
一个词抱紧另一个词
一双老手攥紧另一双老手
握住长夜的温暖

嘘，星空下的耳语
正吹开迷人的月晕
月光的蜜，悄悄
流淌在你我的心上

# 一树老梅

我可能就要走了！
说这话时，屋外
寒风呼啸，把门窗撞得
叮当作响，盖住
母亲的咳嗽

我掖紧内心涌出的寒意
朝外望去，雪花飞舞
万物瞬间白了头发

一树老梅，在陡峭的风中
稳了稳身姿。又把
温暖的暗香，一朵朵交出

# 与一滴露珠对视

是星辉留下空灵的呓语
抑或晨光捧出的
澄明的祷词

浑圆、晶莹，滋润
一滴滴鸟语的青翠
激活这沉寂的人间。当我

从梦想中醒来。干涸的
灵魂，一如红尘中的叶片
憔悴。徘徊、起伏着欲念

与一滴露珠对视。它明了
我头顶的积雪
眉间的灰尘，眼中的焦灼

但它不言不语
随一阵微风，奔赴尘埃
完成神交付它的幸福使命

# 晚风来急

春日暮晚，我们
在乡间小路上散步
谈起生命的轻重与旷远
有些话，依然飘在心里

回过头来，你问我
有没有听见一棵蒲公英
隐藏在杂草深处
细小的呼喊

蝴蝶在身边蹁跹，流连
光阴如水。我们缓慢而平静
内心隐约的愿望
荡漾着幽蓝的微光

弯弯曲曲的小路
伸向暮色深处
伸向远山迷离的站台
伸向星星微微眨动的眼睑

一阵风匆匆而来
擦乱我们的头发
抬头看天，一朵忽鹰忽马的
云，瞬间就被扯成碎片

# 如　果

如果我能再勤勉一些
翻翻散落在我们生活里的
阳光，那些馨香的花朵
就会重新缀上枝头

如果我再歌诗一首
用月光的笔，蘸满花香和露水
我们的幸福就会永远
在岁月中灿然盛开

多少年来，你勤快的身影
依然是月光下最优雅
最生动的情节。如果喊一声
星星就会哈哈地笑出声来

# 华灯初上

初春暮晚，我们并肩走在
干净整洁的乡村水泥小路上
微风荡漾，空气中
流淌着烟火人间的泥土馨香

你轻轻拂去我衣领上的灰尘
清幽的香皂气味，醉倒了弥漫的
夜色。让料峭的春寒
汹涌出一阵阵幸福的暖意

我们说着曾经的苦，岁月中的累
一片落叶又悠然飘过你的头顶
我侧过脸，忍不住看你
鬓角露出的零星白发，撩动晚风

华灯初上，温暖的光倾泻下来
笼罩着我们。我悄悄握住你的手
就像在这苍茫的尘世
用热爱的心，攥紧平凡的人生

# 梨　树

院子里的一棵梨树，它老了
老得不再开花，不再结果

想起从前，有多少次
我在它脚下撒过尿
在它的脖子上荡过秋千
从它厚实的怀里
摸到无数甘甜的喜悦

可是现在，它真的很老了
禁不住秋风带来的寒意
整日整夜发出阵阵揪心的咳嗽
“吐沫”四处乱飞

今年春天，我操起利斧
想砍掉它。目盲而失语多年的
祖母突然说：饶了它吧
这是你离散的大伯六十年前栽的

祖母的话像一把利斧，一下子
就砍掉了我心中恶毒的念头

# 这个春天

这个春天，我总是早起
将目光投向朝霞染红的东方
倾听山的呢喃、河的清唱
那些陈年的记忆，像重新回来的
燕子，尾尖沾过中年的心湖
波纹荡漾，粼光闪烁，映照
时光深处的笑声与叹息

这个春天，我把心思凝聚在
笔尖，在每一页崭新的日历上
写下对生活的畅想，我发现
那深深的笔迹、黝黑的文字
怎么看都像我少年时的影子，依然
交织着汗水和月季的芬芳

这个春天，我身体里的钟
经常鸣响：浮生若梦，浮世无常
灵魂的灯依然亮着——清风吹过
你看，那雨就无声地滋润到天涯
草儿一夜间就绿遍海角

# 你的眼神

宛如春光，轻叩
冰封沉寂的心湖
一次次，喊醒我

暗淡、惆怅，萎靡岁月的
风雨。那些汗水中的盐
果实里的蜜，路途上旖旎的风景
纸上的欢乐……
被冲淡、吹散

而你，总是用恒久的温暖
覆盖我的姓名。炽热的眼神
像光，走上枯萎的枝头
在我疲软的骨头里
注入养分，催开花朵

爱无理由。如今
你已深刻在我灵魂的镜框
时刻凝视着我。无声
流淌的深情，年年岁岁
点亮我生命中的人间烟火

# 清　明

（一）

梨花飘白，桃枝爆红
一对花喜鹊，划破
柔软的春风，叫声里
滑落的一滴滴清明
融开一颗颗混沌的心

（二）

剪春风二两、雨丝三钱
牵一条小路，缠绕到
山的那边
有杜鹃含笑在寂静里
邀你小坐，约你谈心

（三）

墓碑灰白。一双双
深沉的眼，闪耀在浅草的
深处，让你心惊
让你忍不住跪下
说出经年的农事与桑麻

（四）

把缤纷的心事，揉进柳笛
学一学古诗中的牧童
跟随那一只翩然的蝴蝶
隐入菜花，把断了的
魂，悄悄找回

# 葡　　萄

在民间的庭院里，我种下
一棵葡萄。以后的日子
我精心侍弄——
春风中培土
夏雨里剪枝
秋阳下施肥

就像恋爱中缠绵的情侣，互相厮守
在时光的风中，我看着它
一寸寸地长高
一串串地开花
一粒粒地结果

它强大的繁殖力让我惊讶
让我轻易就想起“丰收”这个词语
但我却不需要

这种丰收。我拿起剪刀
将这些可爱的小灯笼一一删掉

只留下迎风的高枝上最大最圆的

一颗。看它在秋风中
慢慢地红，慢慢地紫，慢慢地坠落
我要把它献给最亲爱的人

# 秋　　思

露珠在草叶上凝聚
暮晚上升的凉意
遮盖不住蟋蟀苦闷的呼喊
这轻微的疼痛
扯动一片落叶溅起的
细小的秋思

成熟是令人惊惧的！那些
悄悄低向大地的
饱满沉重的头颅
谦卑、无言，饱含
对大地之血无限的眷恋

苍山寂寂，流水无声
茫然中凝望
石头的念想，让人肃然起敬
驻守在岁月的风口
它已忘却时间
紧紧抱住
红尘，生死，悲欢

# 灵魂的钟摆

院子里，老菊仍在吐香
你坐在朝阳的矮墙下
微闭着眼，有风偶尔
溜进来，撩动你干爽的白发

你不想搭理它。思绪
就像竹匾里摊晒的棉花
温暖、蓬松而柔软
新麦已入土，蚕豆正抽芽
等腌制好小雪后的萝卜
进城务工的儿女
也就要陆续回家了

一切都那么顺心尽意
福祉，家册，一年的风霜
是春风化雨，也是
这冬日的暖阳

当放学归来的孙子
他脆甜的喊声，一如上紧的发条
你灵魂的钟摆又滴滴答答
快乐地转动起来

# 冬 日 忆

清贫童年，故乡冬日的
山野间，细长的葛藤
缠住岩石，四方攀爬
粗大的根茎藏在砂石深处
我的母亲，总能沿着
藤蔓纠结的线索，耐心找到它

整整一个冬日
母亲把挖来的葛根，洗净
绞碎，用清水一遍遍过滤
沉淀。再一天天晒干，捻碎

我迷恋它白雪般的洁净
微苦的气息，以及清热
祛湿、安神、养胃的功效
尤其是，它给我换来的
学费、新衣、过年的鞭炮和糖
足以让我用一生来回想

# 第四辑 且行且吟

抬头仰望，夜空浩大而干净
繁星闪烁，不经意间
总有一颗滑过天幕
无声无息，惊动尘世的繁杂
命运的不安

# 时　光　帖

它有极强的腐蚀性，无声
漫延。散发一阵阵焦煳味
用黑色的苦痛围剿你
占领生命的 U 盘

听，隐约的雷声，巨石般滚动
转瞬即逝的闪电，点亮天庭
刺痛你疲惫的眼睑
和日渐衰老的心灵

回首，张望，荒芜中
草色细密，铺展青翠的言辞
反反复复，书写海角与天边

# 烟　　花

围炉夜话。我们聊着
消逝的流年，时光中
疏远的爱，走失的亲人
细小的喜悦，收获和失落
空气突然安静下来

窗外，一声声冲天的哨音
是孩子们在燃放烟花
放飞的天真和快乐
化为漫天的星星，纷纷飘落
穿破黑暗和红尘

一次次升起，绽放，明灭
迫使我们反复回想
生命中无数次的告别和逃离
就像这缤纷的花雨
点亮炫目和惊心

我们试图扭转话题

描述生活中崭新的情境
而烟花一朵朵升起
带着春光般的萌动，淹没了
我们交谈的愿望

# 流　年　书

脚步凌乱，踩过冰霜覆盖的
弯曲山道，碎裂旧梦的声响
拽着钟声，通向缥缈
接近神秘

山巅庙宇，堆积的雪，那么白
晨风凛冽，但它无法吹散
香炉中弥漫的烟火
白发间跳跃的呢喃

风水、家册、人事和愿景
这些不可捉摸的隐秘之物
在浮动的尘世，深藏
牵扯人心的万有引力

黄褐色的签条，陈旧、沉重
它落地的声音，清脆、悦耳
缓慢打开祖母内心发黄的经书
她想摁住命运的轨迹
流年的印痕

# 立　夏

让石榴登台，唱红南风
让油菜炸籽，闪亮时光的黄金
让湖水暗涨，漂洗
蓝天白云恍惚的梦境

让星光敲响蛙鸣的铜锣
指引事物吱吱啦啦地拔节
让绿意喧嚣，漫不经心
覆盖山水冰冷的暗疾

让许多欲放未放的花蕾
驻扎心灵辽阔的版图
潜入夏日之迷离

苏醒，振翅，欲动
悄悄打开。在光阴的肩头
眺望海角，天边，独行的你

# 小　满

沿着花香的栈道
我准备好晶亮的动词
阳光微醺的诗意
唤醒山川，河流
一层层蓬勃汹涌的绿

麦芒的银针恰到好处
携带馨香和甜蜜
扎进五月金黄的命脉

百鸟欢呼，迷醉在大地的
深处。繁复的啁啾
多像人间涌动的幸福啜泣

南风慈爱，轻抚万物的灵魂
拂去浮尘和旧疾
一条路，蹚过山水和人世
通向云端，轻盈、起伏

跃动理想与荣光
点燃天边闪烁的长庚
照亮寂寂前行的人

# 初夏的早晨

一夜之间，小区内的石榴树
好像要急于表现自己
张开无数涂着口红的嘴
迷住一声声鸟鸣
让熹微的晨光
也似乎晕眩了一下

草坪上，草比昨天又茂密一些
母亲在练习太极拳。我发现
她的老寒腿已灵活了许多
顽固的咳嗽声，好像
也被圆润的鸟鸣
一滴滴消融

晨光又升高了一寸
邻家的女孩，用手机拍摄榴花
神情专注，停在她头顶的
蝴蝶，竖起翅膀
居然忘记了扇动

我放下手中的泰戈尔
静静地看着这一切。柔风绵绵
花香弥漫，一次次撩拨
我内心涌动的幸福和欢喜

# 岁月凝香，难以复制

扶完倒伏的油菜，母亲
荷锄归来。她棉布衣衫上
金色的花粉和竹篮里的荠菜
散发春光香甜的气息
让我饥饿的胃，一阵阵痉挛

多少次，从如此潮湿的梦中
挣脱出来，妻子已拉亮台灯
递给我两粒温胃舒
或者养胃舒。其实，我知道
我的胃能有什么毛病呢？
油光水滑的生活里，有一种病
已深入我灵魂的深处

在钢筋水泥拥堵的空间
在无数的梦里，母亲淡远的身影
油菜花汹涌的黄，野荠菜泼辣的香
常常不可遏制地无限弥漫
我徒劳地挥手，抓住的
却是一针针扎进骨髓里的疼

# 又一阵风刮过来

回家的路上，我们谈起
生死，无常。春寒料峭
雾中的太阳，像刚刚探望的
年轻同事蜡黄的脸

多好的人啦，你反复叨念
眼前浮现出一张瓷器般的脸
精致、细腻，盛满阳光
却突然要承受厄运的铁锤
击碎的苦痛。弥漫的雾
潮湿、阴冷，凝聚眼睑

弯弯曲曲的小路，时隐时现
在脚下打滑，扭动，延伸
我攥紧你微微颤抖的手
迈过一溜溜沟、一道道坎

又一阵风刮过来，云飘雾散
路边新栽的玉兰，轻晃了一下
几片枯叶落下，紫色的花蕾
轻启嘴唇，悄声道出春光的出口

# 花，还是要开的

风寒，雪白
草色褐黄，树枝铁黑
人间的滋味
是绵绵炊烟的淡灰
融化在天空的青花瓷碗中

念在心里，路在脚下
庭院里的铁树
是经年养育的诺言
在无声流逝的光阴里
依然舒枝展叶

因此，你一直坚信
花，还是要开的
它就等候在某个长夜的尽头
用沾满芬芳的手指，悄然
叩开你梦的心扉

# 阳光照在右脸上

鸟鸣化开晨雾。林荫道上
园丁在修剪两边的石楠
檵木和冬青。轻快的咔嚓声中
一株立体的方或圆
正逐渐形成

玉兰树下，一群系红领巾的
女孩，正齐声诵读《道德经》
“道可道，非常道……”
童声清脆，一树咧嘴的玉兰
也忍不住摇头晃脑，跟着吟诵

听，风中传来一阵阵欢呼声
那肯定是练习跳高的男孩子们
又一次越过梦想的高度。场地上
一张张鲤鱼跃龙门的风姿
被师生抓拍，分享到朋友圈

从酝酿的一首诗的诗眼里

抬起头来，阳光透过树叶的
缝隙，照在我的右脸上
这岁月深情的吻，一阵阵温暖
我内心涌动的美、慈爱和活力

# 想要刻意挥霍的日子

那时，阳光普照
我们在花丛中轻语，流连
把心思涂抹在蝴蝶的翅膀上
跟随它绕过一朵又一朵花
迷失在时间的深处

那时，明月高悬
月光的银币轻轻落下
洒在头上，身上，脚下。我们
在其中奔跑，歌唱。一地银白
被我们刻意地弄乱，踩脏

那时，生活的白纸上
我们画山，却不像山
画水，也不像水
画一只鸟飞上天空
却没有为它勾出飞行的方向

在一个个日子里转来转去

多少春光般的话语，钻进左耳
转瞬，又从右耳悄悄溜掉
沙漏里流失的一份份爱
回首张望，两手依然空空

风吹花影，红尘沉浮
忽见镜子里苍老的面容
线还拴在心上
而那失落的风筝，偶尔
还在苍白的梦中，轻轻浮动

# 风掠过春天

时光中走失的人。请原谅
我。还没有准备好
青山的厚重，绿水的轻盈
安放人世的劳碌，生活的悲欢

这一代代堆积的疼。这暗藏的
黄金的誓言。沉寂中汹涌
壮大，你呼我喊——
而脚步匆忙，踩响命定的
鼓点，被嘶哑的喊声

一一修正。风掠过春天的
脸颊，擦干泪渍
梳理远去的乱蓬蓬的思念
翻动的箴言，悠长、滞重

抬头仰望，夜空浩大而干净
繁星闪烁，不经意间
总有一颗滑过天幕
无声无息，惊动尘世的繁杂
命运的不安

# 如苔的母亲

瘦小的母亲，白发
耀眼着春光，荷锄清唱
走在浩荡的春风里
汹涌的金黄色的菜花
一眨眼就将她淹没

哦，我的三十八岁丧夫
先后放飞了七个子女的母亲
我说不清，这一辈子
到底有多少
风吹过她，雨淋过她

人间舞台，这个低身尘埃
毫不起眼的人，是如何
安居潮湿的角落。卑微中抬头
用浓浓的苦滋润幽暗的日月
用沉沉的累绽放缤纷的生活

像苔，紧紧抓住薄薄的泥土

无怨，无言，绣出美丽的
光阴。我如果想写出
她的美，就必须俯下身子
屏息凝神，倾听她
生生不息的生命真经

# 暮色之境

——给拾荒的表爹

日历一眨眼，就滑进
时间的纵深
一条老旧的街道，往返经年
如今，依然被你踩在脚下
夕光拉长的身影，一次次
磨亮青石板盈盈的泪光

晚风呜咽，时光染霜
生命，如同承受的光阴之殇
最先落下的一片树叶
被秋风追问，盘旋于蹒跚的脚步
与大地的喘息之间

岁月埋下的坎坷与苦难
你一一抵达。负起，踏碎
像生活坚韧的马车
在日落之前，必将
缓缓驶进命运的驿站

一只温顺的老猫
尾随在你佝偻暗淡的身影里
就像九难不死的灵魂
依偎在暮色之境
与你不离不弃，随你渐行渐远

# 乡村冬日

枯枝上，一只只麻雀
缩着脖子。如一片片蜷缩的
黄叶，再凛冽的风
也无法吹散它们

这些安守在乡村的草民
总是用叽叽喳喳的谈论
敲碎晨霜的清寒，暮雪的冷寂
我想说的话，时常被它们
细小的热情，不经意地打断

炉中的炭火，静静燃烧
那么多的往事，已化为灰烬
微凉的生活中，应该还有什么
需要我们去坚守，去点燃
像爱，跳动真情和温度

疾风呼啸，枯枝一根根折断
麻雀们惊呼而起，又悄然聚拢
这被忽略的美，一次次
深刻我日渐苍白的心灵

# 一念之间

残雪禁不住阳光的爱抚
转眼间便软了，化了

一群鸟在风中转身，落在
电线上，一支春曲就要谱成

窗前的玉兰嘟起白玉般的嘴
轻声呼唤等她的那一个人

词语堆积的霉味，让一堆
发黄的旧信，变得愈发黏滞

那么多的念涌上心尖
那么多的想卡住喉咙

念想之间，有风挤进门窗
掀翻一页页晦暗的日子

出去走走吧，打开寂寥的心
春光正摇响铃铛，送来朵朵亲吻

# 立 冬 记

树梢上，老丝瓜悬吊
孤独，拍打着风。它还在等
温暖它的那一双手。萧瑟的

藤蔓间，结队的花喜鹊
叽叽喳喳，钻进钻出
像对流失的岁月，颇有微词

祖母的身影，日渐佝偻
树枝间跳动的点点光斑
竟然把她绊了个趔趄

又一片叶子飘下来。一封
读旧的信，带着时光虚弱的静
掩盖不住你内心泛出的霜花

# 隐

秋深了。蟋蟀苍老的
歌谣，散落河滩
金光细微，点点闪烁

风远道而来，纤手微凉
悄悄翻阅光阴的故事
发出一阵阵窸窣的声响

割苇的母亲，身披暮色
已忘了时间。刀光清寒
消失在苇丛的深处

片片芦花，随风飘逝
迷蒙我的眼神，怎么看
都像极了她的白发

# 寒　露

独坐河边，你在心里
一遍遍，临摹那草叶上的露珠
临摹它的圆，它的亮
它在空气中微微颤动的寒

你想劝阻迎面而来的秋风
让匆匆的脚步走得从容
河流的激情，已渐趋平静
裸露石头的思恋，守望未来

而内心的画笔，一次次停顿
笔尖蘸墨，饱含时间的流年
苦短的人生，你总想
让爱，在岁月中消失得慢一些

# 冬 至 夜

雪没有来。等雪的人
眼中有一朵郁结的云
正在缓慢移动

窗外，一树梅花
打开彻骨的寒。恍惚传来
数九的声音，把夜的长
拉到了极限

铁锅里，水沸腾了
腾起的雾气，向四周蔓延
你却没有找到，那个年年今夜
为你煮饺子的人

寒气在堆积
你内心的呼喊
那么迫切！灯花炸裂的
间隙，已一声等不到另一声

# 风 在 吹

有时轻言，有时壮语
有时温柔，有时严峻

它贯通你的气息
翻动你的思想。给你
春日融融，秋光灿灿
即便在你心灰意冷的寒夜
也会送来一句句晶莹
安抚你漫长的落寞

其实，它一直陪伴在
你的身边。用万种深情
为你打开生命中的
一场场花事，一页页真经

当它突然消失，了无痕迹
你的心湖，为什么却荡起
一圈圈涟漪，经久不散

# 心　　声

我是如此熟悉这样的场景
晨钟悠扬，地平线上跳动的朝阳
又一次弹响崭新的梦想

我看见万物抖落夜的疲倦
清风中，流下一颗颗感恩的泪珠
把明亮的光，争着往心里装

乡村小学的操场上
列队敬礼的孩子，国歌的旋律
庄重他们纯真的脸
紧随升起的国旗，缓缓上扬

站在他们中间，一种深远的幸福
在心中蔓延。是一声声
擦亮蓝天的鸽哨，替我
放飞了此刻的心声

# 中　　秋

时光如沙漏。一些
珍贵的东西，已悄然流失
只剩下骨质的相思
卡在岁月的深喉，呜咽着风

明月照山河。今夜
离愁中漂泊的人
他杯里的桂花酒，清冽
而孤独，倒映出
月光的清寒，庭院的幽深
白发浮动月色
他似乎听见袅袅香火
送来故园的祈祷与祝福

而月光浸透的暗香
润湿眼前的信纸
起伏的皱褶，蜿蜒、空旷
掰开儿女寄来的月饼

他不敢凝视
这清澈的天空之眼
不愿让它
看清他内心的老泪纵横

# 玉 兰 花

雨水洗刷残冬的碎片
隔窗望去，旧年枯死的玉兰
潮湿中说出的誓言
多像老枝的一段嘱望
新芽的一次梦想

从泥土中汲取养分
问天空索要雨露和阳光
雨声繁复。像一个人
反复呓语，水灵灵的精致
向生活交出亲吻
拥抱，依恋和热爱

一朵花怒放在光阴的缝隙
春天被感动得热泪盈眶

# 桃 花 缘

桃花已开出前世的承诺
香飘千里
沉醉的人从梦中醒来

想起因缘，想起铭心的痛
爱，就像春风的婚姻
再次孕育出簇簇新蕾

阳光温暖，明亮，缓慢
她覆盖了人世多少
无法言说的忧伤和暗疾

一只蜜蜂从热闹的民俗中
嗡嗡而来。穿越浮动的暗香
唱红亘古的谣曲

繁复的人间，神啊
所有的缘都是你的恩赐。今生今世
我手绘桃花，向你虔诚致敬

# 风吹浮世

时光在走。消失的流年
一如飘落的雪花
覆盖曾经的繁华与萧瑟

怀揣经卷的人，抱紧暮年
呼啸的北风中
站稳一个个趔趄的黄昏

藏紧内心的矛和盾
微温的冬阳，敲响生命的
暮鼓，像灵魂中起伏的
细微的爱，为不安的人间
留下迷人的绯红

风吹浮世，野旷天低
草木蹉跎，整理苍白的言辞
无言中凝望，一只鹰
穿过变幻的风云
正安然放飞自己

# 孤　寂

那雨中的山峰是孤寂的
那山峰系着纱巾的白雾是孤寂的
那白雾中振翅飞翔的鹰是孤寂的
那鹰翅下水墨画般的竹林是孤寂的
那竹林边挤破乱石
努力向上生长的竹笋是孤寂的
那个长久地蹲在竹笋边
耐心临摹它的人是孤寂的

我，一个漫不经心的人
漫不经心地看着这一切
一阵突如其来的雷声
在我内心孤寂的山谷，轰然炸响

# 露从今夜白

今夜，我们相顾无言
迷醉于月光的皎洁。宛如这一树
沉甸甸的石榴，无声无息
向岁月交出宿命的绯红

我们彼此依偎，倾听
这尘世中起伏的或轻或重的呼吸
一遍遍回想，用汗水
练就出来的粒粒黄金

这情深意长的秋夜啊
月光如银，锻打日渐苍老的河山
锻打生活的山高水长
哦，爱人，我深爱着

你，岁月的风霜洗礼过的
面容，散发着丝绸般隐秘光泽
喜欢你星光下送给我的
一句句温软、柔滑的呢喃

滚过心灵的叶片

宛如这榴叶上颤动的露珠
晶莹、剔透，闪亮
在时光细长柔韧的枝条上
这渐渐凝结的温热的爱
想起是命里的秋，说出是心上的泪

# 提 灯 者

阴冷，晦暗。生活
纵深处，那人手提春光的
灯盏，沿着时间的暗河
寻找葱茏

他用微光照亮人间的路径
在细密的曲折里
布下花红，柳绿
唤醒蝶翅和蜂鸣

曲径通幽。光芒层层蔓延
当他经过你的身旁
柔风轻盈，鸟鸣清脆
吐出唐诗和宋词

跟随他的身影，走出苍茫
你内心的残冰，被他
手中的灯，那跳动的暖光
一点点稀释

# 刀

刀一直睁着眼
在册页的夹缝里
在人心的凌乱处
在江山肿胀的躯体中

刀其实不想动
是持刀者的内心
深藏的万千欲念，在动

一把被血玷污的刀
它蒙羞的灵魂滋生的
痛苦，没有人知道

漫漫长夜，刀醒着
它在呜咽。它渴望成为
天边的一弯新月
蘸着万籁，磨亮清风

# 唯有影子，与我相随

天光向晚，一只蝴蝶
沉迷轻晃的花影
柔光跳跃，满树的蔷薇
笑眯了眼睛

树下静坐。回想
一些经历的人和事
叶缝中漏下的光斑，宛如
曾经的倒影，虚幻

而迷离。光阴一寸寸老去
那么多的爱，走失风中
身边的乱石，沉默寡言
布满青苔和裂纹

蝴蝶何时离去？我亦起身
迎着夕光，走向苍茫
瘦长的影子，亦步亦趋
紧紧跟随着我

# 等

等风蹑着猫步悄悄走远
等露珠小心翼翼爬上草尖
等花香一朵一朵
填满黑夜的险恶和深渊

你摘星光净身，焚香默祷
细数远去的流年，清点
生活的肮脏和原罪

月光仁慈，洗亮窗外的
竹叶，一张张清纯的瘦脸
虔诚、无声，静候
神的悄悄降临

你也在等。等香火熄灭
心底空空，打开心门
放进星辉和露水

提起蘸满花香的笔
在灵魂干净的白纸上
重新画一张婴儿的笑脸

# 呼　吸

连夜的春雨，停了
柔光挑动清风
在草木细细的叶脉里游走
无数深浅跳跃的绿
迎着辽远的地平线
无限延伸，起伏跌宕

院子里，母亲在移植
一株月季。新挖的土坑里
一缕缕白白淡淡的地气
缠绕住她佝偻的身影

粒粒鸟鸣，圆润如玉
晨光中，争相吐纳新的欢悦
穿过阳台透明的玻璃
滑落心间，一点一点
温热我内心隐藏的
那一颗僵硬冰凉的石头

# 大　寒　帖

寒霜覆盖尘埃
大地是宽容的。它足够
承载尘世的万般苦

搬运命运的人
用一行行深深浅浅的足迹
把生活写成一首丰盈的诗

今夜，星光灿烂，大地无言
请饮酒驱寒，长歌吟福
对着天空，说出心中的爱

说出沧海桑田的历史
说出春花烂漫的未来

# 托　词

泥香，月色，乡野的清风
在触手可及的梦里
生命，方显得沉稳而厚实

一个心患严重思乡病的人
目光游离在钢筋水泥的丛林中
肉身的酸痛，只有自己清楚

普洱茶的香，纯牛奶的绵
她却一口一口喝出了苦味
灵魂里凝聚的重，日益千钧

她对苦苦挽留的儿女说
故乡屋檐下的雀鸣，老屋中堂上
思念的目光，缠得她心口疼

# 春日所见

泥土响动，润开的水墨
正被憋屈已久的魂灵
一点一点，运送

久病的祖母翻身坐起
更衣，净面。晨光中
她喃喃细语：我爱……

越墙的桃枝翻过昨夜
又被偷袭的东风
呛出一口热血

我紧盯着它，褪下口罩
一万匹词语的烈马
就要从胸腔奔涌而出

# 石　斛

铅灰色细根紧抓住泥土
就是抓紧生命和春天
一节一节，拱破
砂石粗粝的晦暗，曲折向上
举起一丛青葱的愿望

人间有那么多病症
让人目瞽神迷，口干心苦
内心的湖面，时常升起
一片湿热浓雾
裹着心烦失眠的纠结

是你，用一茎圆润的铁绿
唤醒一壶生活的沸水
教化那人，在长夜
僵硬的孤独里，沉静下来
用月光清亮的词根
一朵一朵，滋阴养心

# 春 风 引

花喜鹊的尾尖，描绿
时光的眉痕。春水扭动腰身
一面明晃晃的镜子
变幻着空灵和妖娆之美

有人吹响迎春花的口哨
把魂里深藏的小心思
系上青丝和银线
放进深远的蓝天

七彩的线条在抖动。一只
看不见的手，握着它
轻快地弹过原野、山川
唤醒花的精灵、柳的魂魄

烟火飘荡出生活的气象
宛若一首曲折灵动的新赋
饱含深情与爱恋，一词一句
演绎人间的前程和愿景

# 清 明 记

流水袒露心经，柔软
野花打开春梦，缤纷

小路弯曲，蜿蜒时光的
迢遥，把寻根之梦
牵进山野的深处

烟霭弥漫，葱茏人世的
期许。微光跳动
点亮日月中隐藏的眼睛

粒粒鸟鸣，润湿心灵
我引导孩子，把三杯薄酒
缓缓倒进乱石中的孤坟

# 黑夜的记忆

月光的瓷勺，也搅不开
这夜色浓稠的黑苦艾水
虫鸣恍惚，一粒粒
粗糙的硬沙，摩擦着你的心

煤油灯跳动的暗光
笼罩着你的脸
你不敢往外看，你担心
窗外呼啸的黑影，摄走心魂

野荠菜飘出熟透的油香
让你慢慢沉静下来
闭上眼睛，在心里轻哼那首
熟稔的“月亮光光”的童谣

你仿佛看到母亲荷锄提篮
父亲肩挑着夜色
和一篮子你最爱吃的野藕
抖落寒凉，正推开柴门

# 当众鸟越过西山

当众鸟越过西山
暮色把它们美丽的容颜
展开又隐去。大野肃穆

诸神开始合唱。一个人
匍匐在自己的伤口里
曾经的愿望，缭绕成
村口土地庙前明灭的檀香

拐过往事逼仄的街巷
柳絮飘飞，酒旗斜舞
散落的烟花，是曾经的
笑语和泪痕，闪烁恍惚的疼痛

滑过夜空的流星，转瞬
消失了踪影。烛火跳动
一阵风辗转而来
轻轻，就吹散他内心的灰烬

# 春 水 谣

一点一滴，挣脱洁白梦境
丝绸般羽翼，轻柔、轻盈

枯草之魂，萌动生活欲念
天空旷远，被一方池塘吞纳
美悄然膨胀，却无法描述

鸟鸣点缀着云影，日益稠密
百花斜逸，掸尽尘世荒凉
用尽万种风情，渲染粼粼水彩

临河远眺之人，他身体里
也有一匹阔大丝绸，温软铺开
柔光浮动，让心飘飘若飞

# 渡

小舟远逝，散开的水波
终将重叠，淡远
这岁月深处的密语
一代代流传，留下绵密回声

粼粼波光，仿佛命运的
纹理，有时带着呼啸
有时是风浪过后
短暂的静寂。而人间的码头

永远喧嚣不止
琴声起伏，书生的折扇
抖开又合拢，把日日年年
轻摇成婉转的水袖

芙蓉涉江，芦花飞白
风吹梵唱，那隐约的声响
充盈你辽远的心海
孕育又一行如诗的新经

# 独 角 兽

总是在黏稠的梦里
我一次次看见它

独角挑破凌厉的风声
四蹄生烟，带着惊雷和闪电
越过苍山、人海，越过人间
曲折的小道，朝我奔来

我中年的身躯，因背负太多羁绊
而始终逃脱不了
它越来越近的呼啸阴影

在一面无路可逃的悬崖边
我索性停住脚步
转过身与它对峙。风声渐止
明月高悬在它的独角上
我清晰地看见，它眼神里
涌出无限的爱和悲悯

# 童　　年

是浆果碎裂，篱笆倒伏
是蚂蚱黑褐色的轻盈
蹦跳深秋的草地

是老鼠肆无忌惮的尖叫
蟑螂窸窸窣窣的张狂
是一个梦抱紧另一个梦
一双小手攥住另一双小手
把长夜漫长的惊慌
打出一个个温暖的结

哦，妹妹，那是黎明前的
耳语，吹开日日幸福的晨光
是阳光黏稠的蜜，至今
仍在你我的心上，流淌

# 木器沉香

光阴沉静其中
纹理细密，蜿蜒，恍惚
闪烁泪珠般的包浆

你一次次打开它
童年的黑白照，发黄的成绩单……
一枚黄铜顶针，轻轻压住

还有多少秘密，让一根银针
挑破它内心深埋的沉默
裹紧的麻线，散发出幽香

寒夜里，目光无尽摩挲
就有春光渗进你的身体
温暖你的灵魂

你要把它珍藏下去。你不愿
让这沉香中淡淡的苦
被一阵轻飘飘的风，吹散

# 野 蔷 薇

张扬而泼辣，一簇簇绽放
迷住迎面而来的浩荡春风
黏稠的香气，压低了
千万只蝴蝶扇动的翅膀

缤纷的美，被灿烂打开
同时，也打开了时光
掩藏不住的绵绵喜悦

像我寡居乡间的五姨
一辈子苦命劳心。现在
她正坐在院中的黄藤椅上
与她收养的小女儿视频

春日融融，篱笆边
野蔷薇的花瓣，含着香
飘落上她的白发
她丝毫也没有觉察到

# 花开半夏

抬眼望去，高过老屋的桃李
一夜之间，就挤满嫩白
和金黄的心愿，迷住一对
转来转去叽叽喳喳的喜鹊

小南风送来的香，此起彼伏
院子里，老祖母正在翻晒
洗净的棉衣。光影中
她的动作，明显灵便了许多

摊开的白纸上，盛不下
那么多你想说的话
那就画一朵出水的小荷吧
隐秘的美，留给远道
而来的蜻蜓，让它慢慢诉说

# 瓶口，咬住了瓶塞

多少次，我们秉烛夜谈
检索在时光的页面写下的美
有风吹过心湖，波纹荡漾
微光跳跃，填满沉默的缝隙
点亮慰藉与温暖

你反复提起我写给你的信件
一箱发黄的誓言，这半世的光阴
孕育的蜜，让你一次又一次
匍匐在低血糖的人生
开出馨香而甜蜜的花

那么多的话堵在心口
像摆放在桌上的瓶子
满怀滚烫的晶莹，需要倾诉
而瓶口，咬住了瓶塞
让我显得笨拙，显得手足无措

窗外，月色柔软，花香弥漫

我的心思透过瓶子，压住
渐渐老去的岁月。而胸中的波澜
正一遍遍澎湃，汹涌
潮湿了日渐苍老的目光

# 芒种小记

耀眼的光中，你有没有听见
麦子的幸福呻吟？被土地滋养
太久了，它们迫不及待地分娩
想要重新回到泥土的怀抱

而镰刀已解除生锈的时光
像弯月挂上父亲的眉梢
喜悦就是
那一声声越来越清脆的“布谷”
把农事的轻重缓急
一粒粒安放在火辣辣的憧憬里

小南风催开蝴蝶梦，迷住
回乡探亲的姐姐和她五岁的孩子
麦浪起伏，打开人间福祉
麦芒上的露珠，是村庄古老的
亮晶晶的慈爱，一滴一滴
润湿他们的眼神和肌肤

# 夏日抒怀

阳光日益盛大。这养分充沛的
颜料，淋漓草木，草木绿意汹涌
点化枇杷，枇杷献出蜜香

勾勒白鹭斜飞的翅膀
和母亲南风里的白发。拔节的禾苗
就笑出心花，翻响银色光波
在火辣辣的空气中，尽情流淌

阳光继续泼洒
渲染一颗又红又亮的心
莲叶摇曳的荷塘边，我把飘逸之梦
安置在一朵微开的花蕊里

世界渐渐安静下来。潋滟的
波光，谱写出内心的笙歌
粼粼跳跃，无限葱茏了美与热爱

# 后　记

每个人的内心都有一汪湖泊，它或大或小、或深或浅、或清或浊，这往往取决于外面的世界注入它的活水的质量。天光云影在湖中沉潜，那应该是岁月恍惚的倒影，在宁静中诗意的呈现。偶尔，它会漾起一圈圈涟漪，那必定是记忆的石子落进湖心，激起平淡生活中隐藏的歌与诗。因此，我常常深夜独坐，审视内心，寻求一种最理想的表达方式，而诗歌或许就是对曾经生活经历的反观和思考、提炼和呈现的最完美的一种。

长期生活在枞阳周潭乡下，我渐渐适应了一种缓慢而平静的生活，在季节无声的更迭里，从容行走。这么多年，我已把我的心交给这里的山、这里的水、这一片躁动的土地。我一次次与她们倾心交谈。在我眼里，她们早已不再是简单意义上的形象表征符号，而是一个个具有灵动的生命气息，洋溢着泥土一般精、气、神特质的鲜活的生灵。她们所蕴含的桐枞东乡的文化内核和精神气质，早已流进我的血脉里。事实上，我已经在内心深处，把她们的悲欢冷暖看成我生命中的悲欢冷暖，从情感上，与她们同呼吸、共命运。

行走在缓慢流逝的光阴中，我的灵魂已越来越热爱这片深厚的土地。多少次在梦中，那消失的老街、改道的河流、土地上不断更新的房舍和稼禾，甚至风中摇曳的一朵小花、一株野草、一缕飘散的蓝色炊烟、隐隐约约的鸡鸣犬吠、邻里之间的友爱亲情、拾荒二大爷早出晚归的佝偻背影……都深刻在我的记忆里，电影蒙太奇般一遍遍交错播放。他们都有着绵长的呼吸，都有着充盈的灵魂。而我需要努力完成的事情，就是用朴素的文字，把他们一点一滴真实地记录下来。

事实上，我是一个笨拙的人，这让我很是羞愧。想要充分表达出自己的内心感悟，让自己的文字贴近生活和时代，是如此的艰难。我只能勤奋地匍匐在时间的缝隙，怀揣一颗初心，努力捡拾记忆中存留的碎片，把它们一片片擦洗干净。我一次次摒除心中的荒芜和杂念，挑拣出融入自己情感和经历的点和面，反反复复提炼内心的真实细节和感受。从细微处落笔，从本真出发，从真性情出发，用炽热的爱呼唤出灵魂深处的诗情和画意，让一个个意象凝聚笔端，形成质朴的文字，力求让它接近诗、成为诗，明白通畅地歌吟出人间的真善美。

我常常思考，写诗其实就是自身不断修炼的过程，是自我的一次次抵达和超越。然而，我的内心常常有一种强烈的饥饿感，就像一汪干涸的湖泊，时时需要有新鲜的活水，不断注入，来充盈我的灵魂。还有谁比我更了解我自己？一个坚持用分行的文字构建梦想，努力想把转瞬即逝的灵光定格为读者认可的有诗意的人。我必须一次次亲近泥土，走进自然，深入到我的父老乡亲们中间，采撷人间的缤纷色彩，丰富生活和思想的底色，养育笔尖的灵性；从古今中外浩瀚的书香中，汲取一滴滴养分，培育文字中流动的鲜活性情、宽厚悲悯的情怀。诗路漫漫，我只能一步一步地走下去。

这么多年，走走停停、停停写写，我把自己的情思片段、心灵投影、影像闪光、足迹履痕……用分行的文字一行行记录下来。说句真心话，直到今天，我还不敢把这些零散发表的文字称之为诗，但可以说，它们都是灵魂深处真性情的流露。心怀忐忑，我小心翼翼地把它们整理成《枞阳诗香》这一本集子，以期用笨拙的笔墨留存住过往岁月中的一缕缕暗香和温暖，给日渐苍白的心灵予以慰藉。

天命之年，需要感谢的良师益友实在太多，请原谅我无法一一列举，唯有用一瓣书香，呈上我最诚挚的问候和敬意。

2020 年 8 月 9 日于枞阳周潭